COMTE LÉON TOLSTOÏ

La Fin

DE

Notre Ère

(A propos de la Révolution en Russie)

Traduit du Manuscrit original

PAR

J.-W. BIENSTOCK

PARIS

BIBLIOTHÈQUE INDÉPENDANTE D'ÉDITION

17, Rue Victor-Massé, 17

Comte Léon TOLSTOI

La Fin

DE

Notre Ère

(A propos de la Révolution en Russie)

Traduit du Manuscrit original

PAR

J.-W. BIENSTOCK

PARIS

BIBLIOTHÈQUE INDÉPENDANTE D'ÉDITION

17, Rue Victor-Massé, 17

LA
FIN DE NOTRE ÈRE

I

LA FIN DU SIÈCLE. — LA DESTRUCTION DU PASSÉ : SES INDICES ET SES CAUSES

La fin du siècle, dans le langage évangélique, cela ne signifie point la fin d'une période de cent ans et le commencement d'une autre, mais la fin d'une certaine conception du monde, la fin d'une religion, d'un moyen de communion des hommes et le commencement d'une nouvelle conception du monde, d'une autre religion, d'un autre moyen de communion.

Il est dit dans l'Evangile qu'à tel passage d'un siècle à l'autre des maux de toutes sortes se produiront : trahisons, tromperies, cruautés, guerres, et qu'à cause des crimes l'amour se refroidira. Pour moi ces paroles ne sont point une prophétie surnaturelle ; elles indiquent que quand la religion, l'ordre de la vie dans lequel vivaient les hommes sera remplacé par un autre ; quand l'ancien ordre de choses croulera et fera place au

nouveau, fatalement se produiront de grandes
émeutes, des cruautés, des tromperies, des trahisons, des crimes de toutes sortes, et à cause de
ces crimes, se refroidira l'amour, la chose la plus
importante et la plus nécessaire pour la vie sociale.

C'est ce qui se passe maintenant, non seulement
en Russie, mais dans tout le monde chrétien, avec
cette différence que ce qui existe à l'état latent
dans tout le reste du monde chrétien se manifeste,
en Russie, clairement et ouvertement.

J'estime que la vie des peuples chrétiens est
précisément arrivée à cette limite qui sépare le
vieux siècle qui meurt du nouveau qui naît :
je pense que c'est précisément maintenant que
commence à s'opérer cette grande transformation
qui, depuis près de 2.000 ans, se préparait dans
le monde chrétien, transformation dont le but est
de remplacer le christianisme déformé — et la
puissance des uns basée sur lui et l'esclavage des
autres — par le vrai christianisme, par l'égalité
et la vraie liberté de tous les hommes, liberté propre à tous les êtres raisonnables.

Je vois les indices extérieurs de cette transformation dans la lutte aiguë des classes, chez tous
les peuples ; dans la froide cruauté des riches ;
dans la surexcitation et le désespoir des pauvres ;
dans l'armement sans cesse accru de tous les
Etats les uns contre les autres ; dans l'extension
de la doctrine socialiste, irréalisable, horrible par
son despotisme et superbe de légèreté ; dans l'inu-
tilité et la sottise des raisonnements oisifs et des
études appelées sciences qui sont tenues pour l'activité intellectuelle la plus importante ; dans la
dépravation intellectuelle et le vide de l'art en
toutes ses manifestations, et, surtout, non seule-

ment dans l'absence, chez les dirigeants, de toute religion, mais dans la négation consciente de toute religion, remplacée par la reconnaissance de la légitimité de l'oppression des faibles par les forts et, par conséquent, dans l'absence complète de toute base raisonnable dans la vie.

Tels sont les indices généraux de la transformation qui approche, ou plutôt de l'état transitoire amenant cette transformation, dans lequel se trouvent les peuples chrétiens. Et les indices temporaires, historiques, ou cette poussée qui doit amener la transformation, c'est la guerre russo-japonaise qui vient de se terminer et le mouvement révolutionnaire qui s'est allumé avec elle et qui jusqu'alors ne s'était jamais manifesté parmi le peuple russe.

On voit les causes de l'écrasement de l'armée et de la flotte russes, par les Japonais, dans des hasards malheureux, dans les abus des gouvernants russes ; on voit la cause du mouvement révolutionnaire, en Russie, dans le mauvais gouvernement, dans la suractivité des révolutionnaires ; et pour les hommes politiques russes ainsi que pour les étrangers, ces événements ont pour conséquence l'affaiblissement de la Russie, le déplacement du centre de gravité des relations internationales, le changement de forme du gouvernement de cet empire.

Pour moi, ces événements ont une importance beaucoup plus grande. Ce n'est pas seulement l'écrasement de l'armée et de la flotte russes, la débâcle de l'ordre gouvernemental russe, c'est l'indice du commencement de la désagrégation de la Russie. Et cette désagrégation de la Russie est, selon moi, l'indice du commencement de la destruction de toute la civilisation pseudo-chrétienne;

c'est la fin du vieux siècle et le commencement du nouveau. Ce qui a amené les peuples chrétiens à la situation où ils se trouvent maintenant a des origines lointaines : depuis que le christianisme fut reconnu comme religion d'Etat.

Un gouvernement qui s'appuie sur la violence, qui exige, pour son existence, l'obéissance absolue à ses lois de préférence, s'il le faut, à la loi religieuse ; un gouvernement qui ne peut exister sans supplices, sans armée, sans guerres, qui attribue à ses gouvernants une importance quasi divine, qui glorifie la richesse et la puissance ; un tel gouvernement accepte, dans la personne de ses gouvernants et de ses sujets, la religion chrétienne, qui proclame l'égalité absolue et la liberté de tous les hommes.

Cette religion qui déclare une seule loi de Dieu, supérieure à toutes les autres lois, cette religion qui, non seulement nie toute violence, toute vengeance, les supplices et les guerres, mais qui prescrit d'aimer ses ennemis, qui glorifie non la puissance et la richesse, mais l'humilité et la pauvreté, cette religion chrétienne, le gouvernement l'accepte en la personne de ses gouvernants païens ; il l'accepte, non dans son vrai sens, mais sous cet aspect déformé avec lequel l'ordre païen de la vie continue d'exister.

Et la plupart des gouvernants et de leurs conseillers ne comprennent pas du tout le vrai sens du christianisme. Ils se révoltent ouvertement contre les hommes qui professent et propagent le vrai christianisme, et, la conscience tranquille, ils les tuent, les persécutent et leur interdisent de propager le christianisme dans son vrai sens. Le clergé interdit la lecture de l'Evangile et ne reconnaît qu'à soi le droit d'interpréter l'Ecriture sainte ;

il invente des sophismes compliqués pour justifier l'union impossible de l'Etat et du christianisme, il établit des rites solennels qui hypnotisent le peuple. Et depuis des siècles la majorité des hommes vit se croyant chrétienne, et ne soupçonne même pas la centième partie de l'importance du vrai christianisme. Mais le prestige de l'Etat, quelque grand et durable que soit son triomphe, quelque cruellement qu'il opprime le christianisme ne peut étouffer la vérité qui révèle à l'homme son âme et qui fait l'essence du christianisme. Plus cette situation durait, plus s'établissait nettement la contradiction existant entre la doctrine chrétienne de l'humilité et de l'amour, et l'Etat, institution d'orgueil et de violence. La digue la plus grande ne peut retenir la source d'eau courante ; inévitablement l'eau se frayera un chemin : elle passera par-dessus la digue, ou la détruira, ou la contournera. Ce n'est qu'une question de temps.

Ce fut ainsi avec le vrai christianisme caché par le pouvoir de l'Etat. L'Etat, pendant longtemps, a retenu l'eau courante, mais le temps est venu et le christianisme détruit la digue qui la retenait et en entraîne les débris.

Et je vois les indices extérieurs que ce temps est venu juste maintenant, dans la victoire facile, presque sans luttes, remportée par les Japonais sur les Russes, et dans les émeutes qui, en même temps que cette guerre, ont soulevé toutes les classes du peuple russe.

II

LA PORTÉE DE LA VICTOIRE JAPONAISE.

On tâche d'expliquer la défaite des Russes, comme chaque défaite, par les fautes du vaincu, la mauvaise organisation de l'armée russe, les abus et les erreurs des chefs, etc. Mais le principal n'est pas en cela. La cause des succès des Japonais ne vient pas de la mauvaise direction de la Russie, ou du mauvais état des armées russes, mais de la grande supériorité des premiers au point de vue militaire. Le Japon a vaincu, non parce que les Russes sont faibles, mais parce que le Japon est peut-être maintenant le pays militaire le plus puissant du monde, sur terre et sur mer. Et il en est ainsi : 1° parce que tous ces perfectionnements techniques qui ont donné aux peuples chrétiens la supériorité dans leurs luttes contre les peuples non chrétiens ont été adoptés par les Japonais, grâce à leur esprit pratique et à l'importance qu'ils attribuent aux exploits militaires, et qu'ils en ont profité beaucoup mieux que ne l'avaient fait les peuples chrétiens; 2° parce que les Japonais, par leur nature, sont plus courageux et plus indifférents à la mort que ne le sont maintenant les peuples chrétiens; 3° parce que le patriotisme militaire, tout à fait en désaccord avec le christianisme et qui fut introduit dans le peuple avec tant d'efforts par les gouvernements chrétiens, s'épanouit jusqu'à présent, dans toute sa force, parmi les Japonais ; 4° parce que, se soumettant servilement au pouvoir despotique du

Mikado déifié, les forces des Japonais sont plus concentrées, plus unies que celles des peuples libérés de leur soumission servile.

En un mot, les Japonais avaient et ont une immense supériorité : ils ne sont pas chrétiens.

Le christianisme, quelque déformé qu'il soit parmi les peuples chrétiens, vit, bien que vaguement, dans leur conscience, et les chrétiens, en tout cas les meilleurs d'entre eux, ne peuvent plus consacrer toutes leurs forces spirituelles à inventer et fabriquer des armes de meurtre. Il leur est impossible de ne pas envisager plus ou moins négativement le patriotisme militaire et, comme le font les Japonais, s'ouvrir le ventre pour ne pas tomber entre les mains du vainqueur, ou se faire sauter avec l'ennemi, comme cela se fit jadis. Ils n'apprécient plus comme autrefois les vertus militaires, les exploits guerriers et respectent de moins en moins la classe militaire. Ils ne peuvent déjà plus, sans y trouver une atteinte à la dignité humaine, se soumettre servilement au pouvoir et, principalement, au moins la majorité, commettre indifféremment le meurtre.

Jamais, même dans les branches de l'activité pacifique qui ne sont pas d'accord avec l'esprit du christianisme, les peuples chrétiens n'ont pu soutenir la lutte avec les non-chrétiens. Ce fut et c'est encore ainsi, dans la lutte d'argent, avec ces derniers.

Le christianisme, quelque mal interprété, quelque déformé qu'il soit, le chrétien, — et plus il est chrétien, plus est développée en lui cette particularité, — reconnaît que la richesse n'est pas le bien supérieur ; c'est pourquoi il n'y peut consacrer toutes ses forces, comme le fait celui qui n'a pas d'idéal supérieur à l'argent ou qui regarde la richesse comme une bénédiction du Seigneur.

De même dans le domaine de la science non-chrétienne et de l'art non-chrétien. Dans le domaine de la science positive, expérimentale, dans celui de l'art qui a le plaisir pour but, la priorité appartient et appartiendra toujours aux hommes et aux peuples les moins chrétiens.

Ce que nous voyons dans la manifestation de l'activité pacifique, à plus forte raison doit être vrai dans la guerre, que nie absolument le vrai christianisme.

C'est précisément cette supériorité, absolue dans les choses militaires, des peuples non-chrétiens sur les peuples chrétiens, avec des moyens égaux de technique militaire, qui s'est manifestée d'une façon si évidente dans la brillante victoire des Japonais sur les Russes.

Et c'est dans cette supériorité inévitable, nécessaire, des peuples non-chrétiens sur les peuples chrétiens, qu'est l'immense importance de la victoire japonaise.

Cette victoire est importante, parce qu'elle a montré de la façon la plus évidente, non seulement à la Russie, mais à tout le monde chrétien, tout le néant de la civilisation extérieure dont étaient si fiers les peuples chrétiens. Elle a montré que toute cette civilisation extérieure, qui leur semblait le résultat particulièrement précieux des efforts séculaires de l'humanité chrétienne, est quelque chose de bien peu important. En effet, le peuple japonais, qui ne se distingue par aucune qualité intellectuelle transcendante, quand il en a eu besoin, en quelques dizaines d'années, s'est approprié toute la sagesse scientifique des peuples chrétiens, y compris les bacilles et la dynamite, et a su si bien s'adapter pratiquement cette sagesse que, dans l'œuvre militaire et dans la guerre elle-même, tant appréciée par les peuples chrétiens, il est devenu supérieur à eux tous.

Durant des siècles, les peuples chrétiens, sous prétexte de se défendre, inventèrent les moyens les plus efficaces de s'entre-tuer (moyens adoptés aussitôt par tous les adversaires), et ils profitèrent de ces moyens pour se menacer entre eux et acquérir des avantages de toutes sortes parmi les populations non civilisées de l'Afrique et de l'Asie. Mais voilà que parmi les non-chrétiens paraît un peuple guerrier, habile, assimilateur, qui, apercevant le danger qui le menace, ainsi que tous les autres peuples non-chrétiens, avec une facilité et une rapidité étonnantes s'adapte tout ce qui donnait aux peuples chrétiens la supériorité militaire; et il devient plus fort qu'eux. Comprenant cette vérité simple, que, si l'on vous bat avec un bâton gros et fort, on doit prendre juste le même bâton, ou un bâton plus gros et plus fort, et en frapper celui qui vous bat, les Japonais se sont assimilé très vite et facilement cette sagesse et, en même temps, toute la technique de la guerre. Profitant en outre de tous les avantages du despotisme religieux et du patriotisme, ils ont manifesté une telle puissance militaire qu'elle a surpassé celle du pays le plus puissant.

La victoire des Japonais sur les Russes a démontré à toutes les puissances que le pouvoir militaire n'est plus entre leurs mains, qu'il a passé ou passera bientôt en d'autres mains, non-chrétiennes, puisqu'il est facile à tous les peuples non-chrétiens, opprimés par les chrétiens en Asie, en Afrique, de s'approprier, à l'exemple des Japonais, la technique militaire dont nous sommes si fiers et, non seulement de se délivrer, mais de conquérir tous les pays chrétiens.

De sorte que les gouvernements chrétiens, vu l'issue de cette guerre, sont amenés de la façon la plus évidente à augmenter encore les préparatifs militaires dont les dépenses écrasent déjà leurs peuples. Ils doivent reconnaître, tout en doublant leurs armements, qu'avec le temps les peuples païens, opprimés par eux, de même que les Japonais, après avoir appris l'art militaire, secoueront le joug et se vengeront.

Cette guerre confirme, non plus par le raisonnement, mais par la dure expérience, et pour les Russes comme pour tous les peuples chrétiens, cette simple vérité que la violence ne peut aboutir qu'à l'augmentation des calamités et des souffrances.

Il est ainsi établi que les peuples chrétiens en s'occupant d'augmenter leurs forces militaires, non seulement font une œuvre mauvaise, immorale, mais une œuvre contraire à l'esprit chrétien qui vit en eux, œuvre dans laquelle ils doivent toujours être surpassés et vaincus par les peuples non-chrétiens.

Cette victoire a montré aux nations chrétiennes que tout ce vers quoi les gouvernements ont dirigé leur activité était dangereux pour eux, épuisait inutilement leurs forces, et, principalement, qu'ils ne faisaient ainsi que se préparer des ennemis puissants parmi les peuples non-chrétiens.

Elle a prouvé en outre, de la façon la plus évidente, que la force des peuples chrétiens ne peut nullement résider dans la puissance militaire, contraire à l'esprit du christianisme, et que si ces peuples veulent vivre, leurs efforts doivent tendre non à développer la puissance militaire,

mais à organiser la vie qui, découlant de la doctrine chrétienne, donnerait aux hommes le plus
grand bien, non par la force brutale, mais par l'accord raisonnable et par l'amour.

Voilà l'immense portée de la victoire japonaise.

III

LE MOUVEMENT RÉVOLUTIONNAIRE EN RUSSIE

La victoire japonaise a montré aux peuples
chrétiens la fausseté de la voie qu'ils suivent.
Aux Russes, cette guerre, avec ses souffrances
horribles, insensées, le travail et les vies sacri-
fiés, a montré, outre la contradiction commune
à tous les peuples chrétiens, entre l'état gouvernemental chrétien et celui de la violence, l'horrible
danger qu'ils courent constamment en obéissant
à leurs gouvernements.

Sans aucun besoin, pour les buts personnels,
inavouables, de dirigeants cupides, le gouvernement russe a jeté son peuple dans une guerre
insensée qui, en tout cas, ne pouvait avoir que
des résultats nuisibles pour ce dernier. Quelque
cent mille vies ont été perdues, perdus les produits
du travail du peuple, et la gloire de la Russie, pour
ceux qui en étaient fiers, est également perdue.
Et le pire est que les coupables de tous ces crimes, non seulement ne sentent pas leurs fautes,
mais reprochent aux autres tout ce qui est arrivé.
S'ils conservent la même situation, demain, ils
pourront jeter le peuple russe dans des calamités
encore pires.

Toute révolution commence au moment où la

société a dépassé la conception du monde sur laquelle étaient basées les formes existantes de la vie sociale, quand la contradiction entre la vie telle qu'elle est et la vie telle qu'elle doit et peut être, devient si claire pour la majorité des hommes qu'ils sentent l'impossibilité de continuer à vivre dans les conditions anciennes.

Quant aux moyens employés par la révolution, ils dépendent du but qu'elle se propose.

En 1793, la conscience de la contradiction entre l'idée de l'égalité des hommes et le pouvoir despotique des rois, du clergé ,des nobles, des fonctionnaires, existait non seulement parmi les peuples opprimés, mais aussi parmi les meilleurs hommes des classes privilégiées. Cela dans tout le monde chrétien. Mais nulle part autant qu'en. France, les classes n'étaient si sensibles à cette inégalité et nulle part la conscience du peuple ne souffrait autant de l'esclavage. C'est pourquoi la révolution de 1793 commença précisément en France. Le moyen le plus immédiat de réaliser l'égalité se présenta naturellement sous la forme de s'emparer, par force, de ce que possédaient les dominants. C'est pourquoi les hommes de cette révolution poursuivirent leur but par la violence.

En 1905, la conscience de la contradiction entre la vie libre, légitime, possible, et la vie d'esclavage sous des pouvoirs qui, par violence, privent arbitrairement les hommes des produits de leurs travaux pour des armements sans fin, sous des pouvoirs qui peuvent à tout moment obliger les peuples à s'entre-tuer follement et cruellement, la conscience de cette contradiction inspire non seulement les peuples violentés mais aussi les classes dominantes.

Et nulle part cette contradiction ne se sent aussi vivement que dans le peuple russe

Cette contradiction est sentie avec une acuité particulière par le peuple russe, à cause de la guerre inepte et honteuse dans laquelle il fut entraîné par le gouvernement, à cause de la vie agricole maintenue encore parmi le peuple russe et, surtout à cause de la conscience chrétienne, particulièrement vive, de ce peuple.

C'est pourquoi je pense que la révolution de 1905, dont le but est l'affranchissement des hommes, doit commencer et, précisément maintenant, commence en Russie. Et le moyen d'atteindre le but que se propose cette révolution, évidemment doit être autre que cette violence avec laquelle, jusqu'ici, les hommes ont tâché d'obtenir l'égalité.

Les hommes de la grande Révolution, qui désiraient cette égalité, pouvaient penser que l'égalité s'obtiendrait par la violence, bien qu'il paraisse évident que l'égalité ne peut s'acquérir ainsi, puisque la violence est en soi la manifestation la plus nette de l'inégalité. Mais la liberté, but essentiel de la révolution d'aujourd'hui, ne saurait en aucun cas, être obtenue par la violence.

Et maintenant les hommes qui font la révolution en Russie pensent qu'en répétant tout ce qui s'est passé dans les révolutions européennes, avec les processions et les obsèques solennelles, la destruction des prisons, les discours pompeux (Allez dire à votre maître...), l'Assemblée constituante, etc., qu'après avoir renversé le gouvernement existant et établi une nouvelle monarchie constitutionnelle ou une république socialiste, ils atteindront le but que poursuit la révolution.

Mais l'histoire ne se répète pas.

La révolution violente a vécu. Tout ce qu'elle pouvait donner aux hommes elle l'a déjà donné, et, en même temps, elle a montré ce qu'elle ne peut pas atteindre.

La révolution qui commence en Russie, chez un peuple tout à fait particulier en sa physionomie, et non en 1793 mais en 1905, ne peut nullement avoir le même but et se réaliser par les mêmes moyens que les révolutions qui ont eu lieu soixante, quatre-vingts, cent ans auparavant, parmi les Germains et les Romains, d'un caractère moral tout autre.

Le peuple russe agriculteur compte cent millions d'âmes. C'est en lui que consiste tout le peuple. Il a besoin non de doumas, non de libertés quelconques, dont la nomenclature montre en toute évidence l'absence de la simple vérité, non du remplacement d'un pouvoir violent par un autre, mais de la liberté absolue, de l'affranchissement complet de tout pouvoir imposé.

L'objet de cette révolution qui enflamme tout le monde n'est pas l'établissement d'impôts sur le revenu et autres, la séparation des Eglises et de l'Etat, l'accaparement par l'Etat des institutions sociales, l'organisation des élections, la participation, soi-disant du peuple au pouvoir, l'institution de la république la plus démocratique, même socialiste, avec le suffrage universel, mais la *vraie liberté*.

Et la liberté réelle, non imaginaire, ne s'obtient pas par les barricades, les meurtres, par n'importe quelle institution nouvelle introduite violemment, elle ne s'obtient que par le refus d'obéissance à n'importe quel pouvoir humain.

IV

LA CAUSE PRINCIPALE DE LA RÉVOLUTION FUTURE

La cause fondamentale de la révolution future, comme celle de toutes les révolutions passées et présentes, est d'ordre religieux.

Sous le mot religion on comprend ordinairement ou certaines définitions mystiques du monde invisible, ou certains rites — le culte — qui soutiennent, consolent et encouragent les hommes dans leur vie, ou des explications sur l'origine du monde, ou des règles morales de vie sanctionnées par l'ordre divin.

Mais la vraie religion, c'est, avant tout, la révélation de cette loi supérieure, commune à tous les hommes, qui leur donne dans le moment présent le plus grand bien. Antérieurement à la doctrine chrétienne, parmi les divers peuples était exprimée et proclamée la loi religieuse supérieure, commune à toute l'humanité. Elle consistait en ceci : que les hommes, pour leur propre bien, devaient vivre non chacun pour soi, mais chacun pour le bien de tous, pour l'aide réciproque (Bouddha, Isaïe, Confucius, Lao-Tsé, les stoïciens). La loi était proclamée, et ceux qui la connaissaient ne pouvaient nier sa vérité et ses bienfaits.

Mais la vie basée non sur l'aide réciproque mais sur la violence a pénétré si profondément dans toutes les institutions et les mœurs que, tout en reconnaissant les bienfaits de la loi de l'aide réciproque, les hommes continuaient à vivre selon les lois de la violence qu'ils justifiaient par la nécessité, les menaces et vengeance. Il leur semblait que, sans elles, la vie sociale serait impossible. Les uns prirent sur eux le devoir d'établir le bon ordre et, pour corriger les hommes, d'appliquer les lois, c'est-à-dire la violence, de donner des ordres; et les autres obéirent. Mais ceux qui ordonnent, fatalement furent dépravés par le pouvoir dont ils jouissaient. Etant eux-mêmes, dépravés, au lieu d'améliorer les autres, ils leur transmettaient leurs vices. Et ceux qui obéissaient furent débauchés par leur participation aux violences du pouvoir, par leur imitation des potentats et par leur servilité.

Il y a dix-neuf cents ans, parut le christianisme. Avec une force nouvelle, il confirma la loi de l'aide réciproque et, en outre, démontra les causes qui font que cette loi n'est point réalisée.

La doctrine chrétienne a montré avec une clarté extraordinaire que cette cause réside en la représentation fausse sur la légitimité et la nécessité de la violence ainsi que de la vengeance. Et, de divers côtés, en expliquant l'illégitimité, la malfaisance de la vengeance, elle a montré que le mal principal des hommes provient des violences que, sous prétexte de vengeance, ils exercent les uns envers les autres.

La doctrine chrétienne a montré non seulement l'injustice, mais la malfaisance de la vengeance, elle a montré que le seul moyen de s'affranchir de la violence est de s'y soumettre sans lutte : « Vous avez entendu qu'il a été dit œil pour œil, dent pour dent. Mais moi je vous dis de ne pas résister à celui qui vous fait du mal, mais si quelqu'un te frappe à la joue droite, présente-lui aussi l'autre; si quelqu'un veut plaider contre toi et te prendre ta robe, laisse-lui encore l'habit, et si quelqu'un

te veut contraindre d'aller une lieue avec lui, vas-
en deux. Donne à celui qui te demande et ne te
détourne pas de celui qui veut emprunter de toi. »
Cette doctrine a montré que, si l'homme qui com-
met la violence est le juge des circonstances dans
lesquelles cette violence est admise, alors il ne
sera pas de limite aux violences et, par conséquent, *pour que la violence n'existe pas, il faut
que personne, sous aucun prétexte, ne l'emploie
surtout sous le prétexte le plus allégué : la vengeance.*

Cette doctrine a confirmé cette vérité si simple
et compréhensible en soi, qu'on ne peut détruire
le mal par le mal et que le seul moyen de diminuer le mal de la violence, c'est l'abstention de
toute violence. Cette doctrine a été clairement
exprimée et établie. Mais la conception fausse de
la légitimité de la vengeance, comme condition
nécessaire de la vie des hommes, est si ancrée et
il y a tant de gens qui ne connaissent pas la doctrine chrétienne ou ne la connaissent que sous
son aspect déformé que les hommes qui ont ac-
cepté la loi du Christ continuent à vivre selon la
loi de la violence. Les dirigeants des peuples
chrétiens pensaient qu'on pouvait accepter la doctrine de l'aide réciproque sans la doctrine de la
non-résistance qui est la clef de voûte de toute la
doctrine de la vie sociale. Accepter la loi de l'aide
réciproque sans adopter celle de la non-résistance
c'est la même chose que construire la voûte et ne
la point fortifier au point d'intersection.

Les chrétiens qui s'imaginent pouvoir arranger
leur vie mieux que la vie païenne, sans accepter
le commandement de la non-résistance, continuent
de faire non seulement ce que font les peuples
non-chrétiens, mais bien pire, et s'éloignent de
plus en plus de la vie chrétienne.

L'essence du christianisme, grâce à son acceptation incomplète, a été étouffée de plus en plus, et les peuples chrétiens ont été amenés à la situation où ils se trouvent maintenant, c'est-à-dire, qu'ils sont transformés en armées ennemies qui consacrent toutes leurs forces à s'armer les unes contre les autres, et sont prêtes, à tout moment, à s'entre-déchirer. Et ils sont arrivés à tel point que non seulement ils se sont armés les uns contre les autres, mais qu'ils ont armé et arment contre eux les peuples non-chrétiens qui les haïssent et se soulèvent contre eux. Et principalement, ils sont arrivés jusqu'à la négation complète, dans la vie, non seulement du christianisme, mais de n'importe quelle loi supérieure.

La déformation de la loi supérieure de l'aide réciproque et du commandement de la non-résistance donné par le christianisme pour rendre possible la réalisation de la première, voilà la cause principale, religieuse de la révolution future.

V

CONSÉQUENCES DE L'INAPPLICATION DU PRÉCEPTE DE LA NON-RÉSISTANCE

C'est peu d'avoir montré que la vengeance et le mal pour le mal ne sont ni avantageux ni raisonnables et augmentent le mal; la doctrine chrétienne a montré en outre que la non-résistance au mal par la violence, que l'endurance de la violence sans lutte contre elle est l'unique moyen d'atteindre la vraie liberté qui est propre à l'homme. Cette doctrine a établi que l'homme, dès qu'il lutte contre la violence, par cela même se prive de la liberté, puisque, admettant l'emploi de la violence contre les autres, il l'admet contre soi-même. C'est pourquoi il a pu se soumettre à cette violence contre laquelle il luttait. Et fût-il même vainqueur, une fois dans le domaine de la lutte extérieure, il resterait en danger d'être, plus tard, vaincu par un plus fort.

Seul peut être libre celui qui se donne pour but l'accomplissement de la loi supérieure, commune à toute l'humanité et pour laquelle ne peuvent être d'obstacles. L'unique moyen de diminuer la violence dans le monde et d'atteindre l'absolue liberté, c'est la tolérance docile, sans luttes, de n'importe quelle violence.

La doctrine chrétienne a proclamé la loi de la liberté absolue de l'homme, mais avec la condition nécessaire de se soumettre à la loi supérieure, sans restriction : « Et ne craignez point ceux qui ôtent la vie du corps, et qui ne peuvent faire mourir l'âme ; mais craignez plutôt celui qui peut perdre et l'âme et le corps dans la géhenne. » (Matthieu, x-28.)

Ceux qui acceptent cette doctrine dans son vrai sens et obéissent à la loi supérieure sont libres de toute autre obéissance. Ils supportent docilement la violence des hommes, mais ne leur obéissent pas quand il s'agit d'œuvres qui ne sont point d'accord avec la loi supérieure. C'est ainsi qu'agissaient les premiers chrétiens, quand ils étaient en petit nombre parmi les peuples païens.

Ils refusaient d'obéir aux gouvernements dans les œuvres qui n'étaient pas d'accord avec la loi supérieure qu'ils appelaient la loi de Dieu. Ils étaient pour ce fait poursuivis et suppliciés, mais ils n'obéissaient pas aux hommes et étaient libres.

Quand les peuples entiers, qui vivaient sous la
forme gouvernementale établie et soutenue par
la violence, furent, par les rites extérieurs du
baptême, reconnus chrétiens, alors les rapports
des chrétiens envers le pouvoir changèrent totalement. Les gouvernements, avec l'aide du clergé
soumis à eux, firent entendre à leurs sujets que
la violence et le meurtre peuvent être commis
quand ils ont pour but la vengeance légitime ou la
défense des faibles et des opprimés. En outre,
en forçant les hommes à prêter serment au pouvoir, c'est-à-dire à jurer devant Dieu qu'ils exécu-
teront fidèlement tout ce que leur prescrira le
pouvoir, les gouvernements ont amené leurs sujets à tel point que les hommes, qui se croyaient
chrétiens, cessèrent de croire défendus la violence
et le meurtre. En les commettant, ils acceptaient
fatalement ceux qui pouvaient être commis sur
eux. Il arriva ainsi que les chrétiens, au lieu
d'être libres, comme l'avait proclamé le Christ,
au lieu de se croire obligés, comme auparavant,
d'endurer la violence et de n'obéir à personne,
sauf à Dieu, commencèrent à trouver honteux
pour eux d'endurer la violence sans la combat-
tre (honneur). Ils envisagèrent comme leur
devoir le plus sacré d'obéir au pouvoir des gouvernements; ils devinrent des esclaves. Elevés
dans ces idées non seulement ils n'avaient pas
honte de leur esclavage, mais ils étaient fiers de
la puissance de leurs gouvernements, car toujours les esclaves s'enorgueillissent de la puissance de leurs maîtres.

En ces derniers temps, de cette déformation du
christianisme est née une nouvelle tromperie qui
a enfoncé les peuples chrétiens dans leur asservissement. Voici en quoi elle consiste :

Par une organisation électorale compliquée et des représentants dans les institutions gouvernementales, on fait croire aux hommes d'un certain pays qu'en choisissant quelqu'un qui ensuite avec d'autres, élira quelqu'un parmi des dizaines de candidats inconnus de lui, ou qu'en choisissant directement leurs représentants, ils participeront au pouvoir gouvernemental et, par conséquent, en obéissant au gouvernement obéiront à eux-mêmes, c'est-à-dire seront libres.

Il semble que cette tromperie devrait êtreévidente, théoriquement et pratiquement, puisqu'avec l'organisation la plus démocratique et le suffrage universel, le peuple ne peut pas exprimer sa volonté, 1° parce que les millions d'individus d'un peuple n'ont pas et ne peuvent avoir la même volonté, et, 2° parce que, même si pareille volonté existait, la majorité des voix ne pourrait l'exprimer. Et sans faire remarquer que les élus qui participent au gouvernement font les lois et dirigent le peuple non en vue de son bien, mais dans le seul but de conserver, parmi les partis en lutte, leur importance et leur pouvoir, sans parler de la dépravation du peuple qui en résulte : mensonges de toutes sortes, dérivatifs immoraux, vénalité — cette tromperie est encore particulièrement nuisible par l'esclavage satisfait auquel elle réduit les hommes qui l'ont subie.

S'imaginant faire leur propre volonté en obéissant au gouvernement, ils n'oseront déjà plus désobéir aux ordres du pouvoir humain, bien que ces ordres soient contraires non seulement à leurs désirs personnels, à leurs goûts, à leurs avantages, mais aussi à la loi supérieure et à leur conscience. Et cependant, les actes des gouvernements des peuples qui, soi-disant, se dirigent eux-mêmes, dépendent de la lutte des partis, des intrigues, des ambitions, de la vénalité; ils expriment aussi peu la volonté et les désirs des peuples que ceux des gouvernements les plus despotiques.

Ces hommes sont semblables à des prisonniers qui s'imagineraient être libres parce qu'ils auraient le droit de donner leur voix pour l'élection de geôliers chargés de l'ordre intérieur et administratif de la prison.

Un sujet de l'Etat le plus despotique, le Dahomey, peut être absolument libre, bien que subissant les plus cruelles violences de la part du pouvoir qu'il n'a pas établi, tandis que le sujet d'un gouvernement constitutionnel est toujours un esclave parce que s'imaginant qu'il participe ou peut participer à son gouvernement, il reconnaît la légitimité de toute la violence qui s'exerce sur lui. Il obéit à tout ordre du pouvoir, de sorte que les sujets des gouvernements constitutionnels qui se croient libres, précisément à cause de cette croyance, perdent même la notion de la vraie liberté.

De pareils hommes en imaginant s'affranchir, se donnent de plus en plus en esclavage à leur gouvernement. Rien ne montre si clairement cet asservissement de plus en plus grand des peuples que l'extension et le succès des théories socialistes, c'est-à-dire l'aspiration vers un asservissement de plus en plus complet.

Les Russes, sous ce rapport, se trouvent en des conditions plus avantageuses, puisque, jusqu'à ce jour, ils n'ont jamais participé au pouvoir et ne sont pas dépravés par cette participation; néanmoins, comme les autres peuples, ils se soumettent à toutes les tromperies de la glorification du pouvoir — serment, prestige de la puissance gouvernementale, de la patrie — et se croient tenus d'obéir en tout au gouvernement. Et, actuellement, les hommes superficiels de la société russe tâchent d'amener aussi le peuple russe à cet esclavage constitutionnel dans lequel se trouvent les peuples européens.

De sorte que la conséquence principale du rejet du précepte de la non-résistance est, outre le mal de l'armement et des guerres, la privation de plus en plus grande de la liberté des hommes qui professent la loi du Christ déformée.

VI

LA PREMIÈRE CAUSE EXTÉRIEURE
DE LA RÉVOLUTION FUTURE

La déformation de la doctrine chrétienne, avec la méconnaissance du précepte de la non-résistance, a conduit les peuples chrétiens à la haine réciproque, aux maux qui en découlent et à un esclavage toujours croissant, dont ils commencent à sentir le fardeau. Voilà la cause fondamentale de la révolution future. Les causes particulières, temporaires, qui ont amené, précisément maintenant, le commencement de cette transformation sont: 1° la folie du militarisme toujours croissant parmi les peuples chrétiens, démontrée clairement par la guerre russo-japonaise; 2° la misère et le mécontentement de plus en plus grands du peuple travailleur, qui proviennent de ce qu'il est privé de son droit légitime et naturel de jouir de la terre.

Ces deux causes existent pour toutes les nations chrétiennes, mais, vu les conditions particulières, historiques, de la vie du peuple russe, elles se font sentir chez lui, en ce moment plus vivement que partout ailleurs. La misère de sa situation, qui découle de l'obéissance au gouvernement, est devenue particulièrement évidente au peuple russe, et cela, je pense, non seulement à cause de l'horrible et inepte guerre, dans laquelle il fut entraîné par son gouvernement, mais aussi parce que ce peuple considéra toujours le pouvoir autrement que les nations européennes. Le peuple russe ne lutta jamais contre le pouvoir et, principalement, n'y participa jamais et ne fut pas dépravé par cette participation.

Il envisagea toujours le pouvoir non comme un bien auquel doit aspirer chaque homme, ainsi que le comprend la majorité des peuples européens (et, malheureusement, quelques hommes corrompus, parmi les Russes), mais comme un mal dont l'homme doit s'écarter. C'est pourquoi la majorité du peuple russe préfère toujours supporter des maux de toutes sortes, provenant de la violence, que d'endosser la responsabilité morale de la participation au pouvoir. De sorte que cette majorité a obéi, et obéit au pouvoir, non parce qu'elle ne peut le détruire, comme veulent le lui apprendre les révolutionnaires, et ne prend pas part à ce pouvoir, non parce qu'elle n'y peut accéder, ce que lui veulent enseigner les libéraux, mais parce qu'elle préfère toujours se soumettre à la violence que de lutter contre elle ou d'y participer. C'est pourquoi un gouvernement despotique, — c'est-à-dire la violence du fort et de celui qui veut lutter contre le plus faible ou contre celui qui reste passif — s'établit et se maintint en Russie.

La légende de l'appel des Variags, composée évidemment après que ceux-ci eurent conquis les Slaves, exprime très bien les rapports des Russes envers le pouvoir, même avant le christianisme. « Nous ne voulons pas participer au péché du pouvoir. Si cela ne vous semble pas un péché, venez et gouvernez-nous. » C'est par cette façon d'envisager le pouvoir que s'explique cette obéissance des Russes aux potentats les plus cruels et les plus fous, souvent même d'origine étrangère, à commencer par Ivan IV jusqu'à Nicolas II.

Tel le peuple russe envisageait le pouvoir et s'en rapportait à lui, dans l'antiquité, tel sa majorité l'envisage maintenant. Il est vrai que les Russes, comme les autres peuples, furent en butte aux tromperies de l'hypnotisme et de la suggestion, par lesquelles on força les chrétiens, insensiblement, à se soumettre puis à obéir au pouvoir pour des œuvres contraires au christianisme, mais ces tromperies n'ont atteint que les couches supérieures, corrompues, du peuple et la majorité a toujours la même opinion du pouvoir et croit mieux de supporter la violence que d'y participer.

J'attribue ce rapport du peuple russe envers le pouvoir à ce que le vrai christianisme, en tant que doctrine de la fraternité, de l'égalité, de l'humilité et de l'amour, le christianisme qui établit une différence nette entre la soumission et l'obéissance à la violence, s'est mieux conservé chez le peuple russe que chez les autres.

Le vrai chrétien peut se soumettre ; il ne peut ni lutter contre le pouvoir ni lui obéir, c'est-à-dire reconnaître sa légitimité. Malgré tous les soins des gouvernements, en général, et du gouvernement russe, en particulier, pour remplacer

les vrais rapports chrétiens envers le pouvoir par
la doctrine de l'orthodoxie gouvernementale, l'esprit chrétien, et la différence entre la *soumission*
et l'*obéissance* au pouvoir, continue à vivre dans
la grande majorité du peuple russe travailleur. Le
désaccord entre la violence gouvernementale et
le christianisme n'a jamais cessé d'être sensible
à la majorité des Russes, surtout aux chrétiens
les plus avisés, ceux qui n'appartiennent pas à
la doctrine déformée de l'orthodoxie, ceux qu'on
appelle les schismatiques.

Ces chrétiens de divers noms ne reconnaissent
pas la légitimité du pouvoir gouvernemental. La
majorité, par peur, se soumit aux exigences du
gouvernement, qu'elle reconnaissait illégitime,
mais quelques-uns, une petite partie, par diverses ruses tournèrent ces exigences et s'en affran-
chirent. Quand, par le moyen du service militaire obligatoire, la violence gouvernementale
parut lancer un défi à tous les vrais chrétiens,
en exigeant que chaque homme fût prêt au meurtre, alors plusieurs Russes orthodoxes comprirent
le désaccord du christianisme avec le pouvoir. Et
les chrétiens non orthodoxes, de confessions les
plus diverses, commencèrent à refuser carrément
le service militaire. Ces refus, il est vrai, furent
peu nombreux (à peine un sur mille), néanmoins
leur importance était très grande, car ils provo-
quèrent de la part du gouvernement des persé-
cutions et de cruels supplices qui ouvrirent les
yeux non plus seulement aux schismatiques, mais
à tous les Russes, si bien que l'immense majorité,
qui jusqu'alors n'avait pas pensé à la contradiction existant entre les lois divines et les exigences
non chrétiennes du gouvernement, l'aperçut. Et
aussitôt, dans la majorité du peuple russe, com-

mença ce travail invisible, sourd, impossible à
mesurer, de l'affranchissement de la conscience.

Telle était la situation du peuple russe quand
survint la guerre russo-japonaise, guerre cruelle
qui n'avait aucune justification. Mais voilà que,
avec l'augmentation du nombre des lettrés, le
mécontentement général et, principalement, la
nécessité d'appeler, pour la première fois, des
centaines de mille hommes âgés, arrachés de leur
famille et du travail raisonnable (les réservistes),
pour une œuvre évidemment folle et cruelle, cette
guerre fut la poussée qui transforma le travail
invisible, sourd, intérieur, en conscience claire
de l'illégitimité, de la culpabilité du gouvernement.
Et cette conscience s'exprima et s'exprime, dans
les phénomènes les plus variés et les plus impor-
tants, tels que le refus des réservistes de partir
pour l'armée, les désertions, le refus de se battre
et de tuer, surtout de tirer sur les siens pendant
les répressions des révoltes, et, principalement,
le nombre sans cesse croissant des réfractaires.

Aux Russes de notre temps, du moins à leur
immense majorité, paraît en toute son importance, cette question : Faut-il, devant Dieu et
devant sa conscience, obéir au gouvernement qui
exige des œuvres contraires à la loi chrétienne ?
Et cette question, qui est née pour le peuple russe,
est une des causes de la grande et universelle
transformation qui se prépare et qui, peut-être
même, est déjà commencée.

VII

LA DEUXIÈME CAUSE EXTÉRIEURE
DE LA RÉVOLUTION FUTURE

La deuxième des causes extérieures de la révolution future, c'est que le peuple travailleur est privé de son droit naturel, légitime, de jouir de la terre, et que cette privation a conduit les classes ouvrières des peuples du monde chrétien à une misère de jour en jour croissante, à une irritation toujours plus vive contre les classes qui jouissent du fruit de leur travail. Cette cause se sent avec une acuité particulière en Russie, parce que c'est seulement là que la majorité du peuple travailleur vit encore de la vie agricole, parce que, à cause de l'augmentation de la population et du manque de terre, les Russes sont maintenant placés dans la nécessité, ou d'abandonner cette vie agricole, à laquelle ils sont habitués et avec laquelle ils croient possible la réalisation de la communauté chrétienne, ou de cesser d'obéir au gouvernement qui garantit à quelques-uns la propriété de la terre enlevée au peuple.

On pense ordinairement que l'esclavage le plus cruel c'est l'esclavage personnel: quand un homme peut faire d'un autre tout ce qu'il veut : le torturer, le mutiler, le tuer, et que ce que nous n'appelons même pas l'esclavage, à savoir la privation de la possibilité de jouir de la terre, n'est qu'une certaine institution économique, pas absolument équitable. Mais cette opinion est tout à fait injuste.

Ce qu'a fait Joseph avec les Egyptiens, ce qu'ont fait tous les conquérants sur les peuples conquis, ce que font maintenant certains hommes sur d'autres en les privant de la possibilité de jouir de la terre, c'est l'asservissement le plus horrible et le plus cruel. L'esclave personnel, c'est l'esclave d'un seul; l'homme privé de la jouissance de la terre est l'esclave de tous. Mais là n'est pas le mal principal de l'esclavage foncier. Le maître de l'esclave personnel, quelque cruel qu'il soit, par intérêt même, afin de ne pas perdre son esclave, ne l'oblige pas à travailler sans trêve, ne le torture pas, ne le prive pas de nourriture, tandis que l'esclave privé de la terre doit toujours travailler au-dessus de ses forces, souffrir, avoir faim, et il n'est jamais complètement garanti, c'est-à-dire hors du bon plaisir des hommes et, principalement, de celui des gens mauvais, cupides. Et ce n'est pas encore là qu'est le mal principal de l'esclavage foncier. Il est en ce que l'esclavage foncier ne peut pas vivre d'une vie morale. Ne gagnant pas sa vie par la terre, ne luttant pas contre la nature, il doit fatalement lutter contre les hommes; par force ou par ruse il doit tâcher de leur arracher ce qu'ils ont acquis de la terre par le travail d'autrui.

L'esclavage foncier n'est pas comme le pensent ceux-mêmes qui le reconnaissent, une des formes restantes de l'esclavage personnel, c'est au contraire l'esclavage fondamental, lequel engendre tout autre esclavage et qui est incomparablement plus pénible que l'esclavage personnel.

L'esclavage personnel n'est qu'un des cas particuliers de l'abus de l'esclavage foncier; de sorte que l'affranchissement des hommes de l'escla-

vage personnel sans leur affranchissement de l'esclavage foncier, ce n'est pas la délivrance, ce
n'est pas la cessation d'un des abus de l'esclavage,
mais, dans plusieurs cas, comme en Russie avec
l'émancipation des serfs nantis d'un petit lot de
terre, ce n'est qu'une tromperie qui cache momen-
tanément aux esclaves leur vraie situation.

Le peuple russe le comprenait bien et, même
au temps du servage, disait: « Nous sommes vô-
tres, mais la terre est nôtre », et, lors de l'émancipation, tout le peuple exigeait et attendait la
donation de la terre. On a amadoué le peuple en
lui donnant en même temps que l'affranchissement, un peu de terre; pour un moment il
resta calme. Mais avec l'augmentation de la population, la question se pose pour lui de nouveau
et sous la forme la plus claire et la plus nette.

Tant que le peuple fut en servage il jouissait de
la terre en quantité nécessaire pour son existence. Quand la population augmentait, c'étaient
le gouvernement et les propriétaires terriens qui
en avaient cure, et le peuple ne s'apercevait pas
de l'iniquité fondamentale de l'accaparement des
terres par les particuliers. Mais, dès que le servage fut aboli, les soucis du gouvernement et
des propriétaires sur l'état économique et agricole, non pas même sur le bien-être, mais au
moins sur la possibilité de l'existence des peuples,
disparurent. La quantité de terre que les paysans
pouvaient posséder était définie une fois pour
toutes, sans moyen de l'augmenter, tandis que la
population croissait. Et le peuple comprit de plus
en plus clairement qu'il ne pouvait vivre ainsi.
Et il attendit que le gouvernement abolît les lois
le privant de terre. Il attendit dix, vingt, trente,
quarante ans ; la terre était de plus en plus acca-

parée par les propriétaires privés, et devant le
peuple se posait ce dilemme: avoir faim, ne pas se
multiplier ou abandonner tout à fait la vie rurale
et former des générations de serruriers, de me-
nuisiers, d'ébénistes, etc. Un demi-siècle s'est
écoulé, sa situation a empiré de plus en plus;
elle est arrivée enfin à tel point que cet ordre de
choses qu'il croyait nécessaire pour la vie chrétienne commence à s'écrouler. Le gouvernement
non seulement ne lui donne pas la terre mais
la distribue à ses serviteurs et fait entendre au
peuple qu'il n'a pas à espérer la liberté de la
terre; il lui organise, sur le modèle européen,
la vie industrielle avec les inspecteurs de fabri-
ques, vie que le peuple croit mauvaise et péche
resse.

La privation de son droit légitime sur la terre,
c'est la cause principale de la situation malheureuse du peuple russe. C'est aussi la cause du
malheur et du mécontentement de leur situation
des ouvriers d'Europe et d'Amérique. La seule
différence, c'est que l'arrachement de la terre,
chez les peuples européens, par la reconnaissance de la légitimité de la propriété foncière
privée, est déjà si ancien, tant de nouvelles conditions se sont greffées sur cette injustice que les
hommes d'Europe et d'Amérique ne voient pas la
vraie cause de leur situation et la cherchent partout dans l'absence des marchés, les tarifs doua-
niers, la distribution injuste des impôts, de capi-
talisme, dans tout, sauf dans la privation du
peuple du droit sur la terre.

Pour les Russes, au contraire, l'iniquité fondamentale, qui n'est pas encore tout à fait consom-
mée, leur est entièrement évidente. Les Russes,

vivant sur la terre, voient clairement ce qu'on veut faire d'eux et ne peuvent l'admettre.

Les armements insensés et pernicieux, les guerres, la privation du peuple du droit général sur la terre, telles sont, à mon avis, les causes de la révolution qui se prépare dans le monde chrétien. Cette révolution commence précisément en Russie parce que nulle part autant que dans le peuple russe la conception chrétienne du monde ne s'est conservée avec tant de force et de pureté, et que nulle part ailleurs la majorité du peuple n'est adonnée à l'agriculture.

VIII

QUELLE SERA LA SITUATION DES HOMMES QUI REFUSERONT D'OBÉIR?

Le peuple russe, grâce à ses qualités particulières et aux conditions de sa vie, est amené, avant tous les autres peuples chrétiens, à reconnaître le malheur qui provient de l'obéissance au pouvoir, au pouvoir par la violence. Et, selon moi, dans cette conscience et dans la tendance à s'affranchir de la violence du pouvoir, se trouve le fond de la révolution qui approche.

Il semble aux hommes qui vivent dans les Etats basés sur la violence que la destruction du pouvoir gouvernemental entraînera fatalement les maux les plus redoutables. Mais l'assurance que la sécurité et le bien dont les hommes jouissent sont garantis par le pouvoir gouvernemental est tout à fait arbitraire. Nous connaissons les désavantages et les avantages, s'il y en a, dont jouissent les hommes qui vivent sous la forme gouvernementale, nous imaginons ce que serait leur situation s'il n'y avait pas de gouvernement. Si l'on examine la vie des petites agglomérations qui, par hasard, ont vécu et vivent en dehors des grands Etats, ces communes, en jouissant de tous les bienfaits de l'ordre social, libres de la violence gouvernementale, n'éprouvent pas la centième partie des maux dont souffrent les hommes qui obéissent au pouvoir gouvernemental.

Ce sont principalement ces gens des classes dominantes, pour qui est avantageuse cette forme gouvernementale, qui parlent toujours de l'impossibilité de vivre sans elle. Mais interrogez ceux qui ne portent que le fardeau du pouvoir gouvernemental, les agriculteurs, les cent millions de paysans russes ; non seulement ils ne se croient pas garantis par le pouvoir du gouvernement, mais ils n'en ont aucun besoin. Plusieurs fois, en maints de mes écrits, j'ai tâché de démasquer l'épouvantail avec lequel on effraye les hommes, disant que sans le pouvoir gouvernemental les pires éléments triompheront et opprimeront les meilleurs — ce qui existe précisément dans tous les pays, puisque partout le pouvoir est entre les mains des hommes les plus mauvais, ce qui ne peut être autrement, car il n'y a que les hommes les plus mauvais qui peuvent déployer toutes les ruses, les lâchetés, les cruautés nécessaires pour participer au pouvoir. Plusieurs fois j'ai tâché de démontrer que les maux principaux dont souffrent les hommes, comme l'amoncellement de richesses énormes chez quelques-uns et la misère de la majorité, l'accaparement de la terre par ceux qui ne la tra-

vaillent pas, les armements constants et les guerres, et la dépravation des hommes ne proviennent
que de la reconnaissance de la légitimité de la
violence gouvernementale. J'ai tâché de démontrer que pour répondre à la question: La situation
des hommes sera-t-elle pire ou meilleure sans
les gouvernements? il faut avant tout résoudre
celles-ci : En quoi consiste le gouvernement? Les
hommes qui le composent sont-ils inférieurs ou
supérieurs au niveau moyen de l'humanité? S'ils
sont au-dessus du niveau moyen, alors le gouvernement sera bienfaisant ; s'ils sont pires, il sera
malfaisant. Et l'histoire nous montre que les
Ivan IV, les Henri VIII, les Marat, les Napoléon,
ies Araktchéiev, les Metternich, les Talleyrand,
les Nicolas sont inférieurs au niveau moyen. Ce
sont des gens qui aiment le pouvoir, des hommes inconscients, méchants, cruels, prêts, pour
leurs avantages, à commettre des violences de
toutes sortes, des pillages, des meurtres.

Dans une société sans gouvernement ces hommes seraient des brigands retenus dans leurs
actes, d'une part, par la lutte avec les hommes
qu'ils voudraient molester (lynchage), d'autre part,
et principalement par l'arme la plus puissante :
l'opinion publique. Tandis que dans la société
gouvernée par le pouvoir, par la violence, ces
mêmes hommes accaparent le pouvoir et en jouissent ; non seulement ils ne sont pas retenus par
l'opinion publique, au contraire, ils sont soute-
nus, glorifiés, haussés par une opinion publique
achetée et provoquée artificiellement.

On dit : Comment les hommes peuvent-ils vivre sans gouvernement? (c'est-à-dire sans violence). Il faut dire exactement le contraire. Comment des hommes, des êtres raisonnables, peu-

vent-ils vivre en admettant comme lien de leur vie intérieure, la violence au lieu de l'accord raisonnable.

De deux choses l'une : ou les hommes sont des êtres raisonnables, ou ils ne le sont pas. S'ils ne sont pas raisonnables, alors tout entre eux peut et doit se résoudre par la violence, et il n'y a pas de raison pour que les uns aient le droit d'user de violence, et non les autres. Si les hommes sont des êtres raisonnables, alors leurs rapports doivent être basés non sur la violence mais sur la raison.

Cette raison, semble-t-il, devrait être connue des hommes qui se tiennent pour des êtres raisonnables. Mais ceux qui défendent le pouvoir gouvernemental ne pensent ni à l'homme, ni à ses qualités, ni à sa nature raisonnable ; ils parlent d'une certaine union des hommes à laquelle ils attachent une importance quelconque, surnaturelle, mystique. Que deviendraient, disent-ils, la Russie, la France, la Grande-Bretagne, l'Allemagne, si les hommes cessaient d'obéir à leur gouvernement.

Que deviendrait la Russie ? Qu'est-ce que la Russie ? Où commence-t-elle et où finit-elle ? La Pologne ? les Provinces baltiques ? le Caucase avec toutes ses peuplades ? les Tatars de Kasan ? le domaine de Fergansk? l'Amour? Tout cela, non seulement ce n'est pas la Russie, mais ce sont des peuples étrangers qui désirent sortir de cette union qu'on appelle Russie. Le fait que ces peuples sont considérés comme faisant partie de la Russie, est dû à un hasard temporaire, basé, dans le passé, sur une série d'événements historiques, principalement des violences et des cruautés ; et, actuellement, cette union ne se maintient que par le pouvoir qui étreint ces peuples.

A notre mémoire, Nice appartenait à l'Italie, et tout d'un coup passa à la France ; l'Alsace, de française est devenue prussienne ; Sakhaline est passée de la Russie au Japon. Aujourd'hui le pouvoir de l'Autriche s'étend sur la Hongrie, la Bohême, la Galicie ; celui de l'Angleterre sur l'Irlande, le Canada, l'Australie, l'Egypte et autres pays ; le pouvoir du gouvernement russe sur la Pologne, la Géorgie, etc. Mais demain ce pouvoir peut cesser. La seule force qui lie en un faisceau toutes ces puissances, Russie, Autriche, Grande-Bretagne, France, c'est le pouvoir ; et le pouvoir est produit par les hommes qui, contrairement à leur nature raisonnable, contrairement à la loi de la liberté révélée par le Christ, obéissent à ceux qui exigent d'eux les actes mauvais de la violence. Que les hommes reconnaissent seulement leur liberté, propre aux êtres raisonnables, et cessent de faire des actes contraires à leur conscience et à ses lois et aussitôt disparaîtront ces unions artificielles qui semblent si majestueuses, ces Russie, ces Grande-Bretagne, ces Allemagne, ces France, au nom de qui les hommes sacrifient et leur vie et leur liberté d'êtres raisonnables.

Que seulement les hommes cessent d'obéir au pouvoir, au nom de ces idoles — qui n'existent que dans leur imagination : idoles de la Russie, de la France, de la Grande-Bretagne, des Etats-Unis — et d'elles-mêmes disparaîtront ces idoles qui maintenant perdent les hommes, matériellement et moralement. Il est admis de dire que la formation de grands Etats, — par l'union de petits Etats qui luttent toujours entre eux — en

substituant une large frontière extérieure aux
petites, diminue par cela même les luttes san-
glantes et le fléau de la guerre. Mais cette affir-
mation est absolument arbitraire, puisque personne n'a pesé la quantité de mal dans l'une et
l'autre situation ; et il est difficile de penser que
toutes les guerres de la période apanagée, en
Russie, de Bourgogne, de Flandre, de Norman-
die, en France, aient fait autant de victimes que
celles de Napoléon, d'Alexandre, que la guerre
japonaise qui vient de se terminer.

La seule justification de l'agrandissement d'un
Etat serait la formation d'une monarchie universelle dont l'existence détruirait la possibilité des
guerres. Mais toutes les tentatives pour établir
une pareille monarchie, depuis Alexandre de
Macédoine et l'Empire romain jusqu'à Napoléon, n'atteignirent jamais le but de pacification;
au contraire elles furent la cause des maux les
plus grands pour les peuples. De sorte que la pacification ne peut être atteinte par l'agrandissement et l'augmentation de force des Etats. Elle
ne peut l'être que par la chose inverse : la destruction des Etats avec leur pouvoir de violence.
Il existait des superstitions cruelles et perni-
cieuses, les victimes humaines, les bûchers
pour la sorcellerie, les guerres de religion, les
tortures... Et les hommes se sont affranchis de
ces superstitions. Mais la superstition de l'Etat,
comme une chose sacrée, continue à régner sur
les hommes ; on lui apporte des sacrifices encore
plus cruels et plus pernicieux qu'à toutes les pré-
cédentes. Le fond de cette superstition est de
convaincre les hommes de divers pays, de diverses mœurs, de divers intérêts, que tous ne
font qu'un parce que la même violence s'exerce

sur eux tous. Et les hommes croient cela et sont fiers d'appartenir à cette union.

Cette superstition existe depuis si longtemps, elle est soutenue si fortement que non seulement tous ceux qui en profitent : rois, ministres, généraux, militaires, fonctionnaires, sont convaincus que l'existence, le renforcement et l'agrandisse-. ment de ces unités artificielles font le bonheur des hommes englobés par ces unités, mais ces hommes eux-mêmes sont tellement habitués à cette superstition qu'ils sont fiers d'appartenir à la Russie, à la France, à l'Allemagne, bien que cela ne leur soit nullement nécessaire et ne leur apporte rien, sauf le mal.

C'est pourquoi si les unions artificielles des grands Etats, unions qui se forment parce que les hommes, docilement, sans résistance, se soumettent à toutes les violences, disparaissaient parce que les hommes cesseraient d'obéir au gouvernement, cette disparition n'aurait pas d'autre effet que de diminuer parmi eux la violence, les souffrances, le mal. Il leur serait alors beaucoup plus facile de vivre conformément à la loi supérieure de l'aide réciproque révélée aux hommes 2.000 ans auparavant et qui, peu à peu, pénètre davantage la conscience de l'humanité.

IX

L'ACTIVITÉ QUI AIDERA LE PLUS A LA FUTURE
RÉVOLUTION

La transformation sociale qui s'opère maintenant consiste en la délivrance de la tromperie de l'obéissance à tout pouvoir humain. L'objet de cette transformation étant tout autre que celui des révolutions qui eurent lieu dans le monde chrétien, l'activité des hommes qui y participent doit être aussi toute différente.

Le but des auteurs des révolutions anciennes était de renverser, par la force, le pouvoir et de s'en emparer. Le but de ceux qui participent à la révolution actuelle ne peut et ne doit être que d'obtenir la cessation de l'obéissance à n'importe quel pouvoir imposé, — obéissance qui a perdu tout sens — et d'organiser leur vie indépendamment de tout gouvernement.

Non seulement l'activité des révolutionnaires futurs doit être autre que celle des révolutionnaires d'autrefois, mais les hommes de cette révolution sont autres, le milieu où elle doit se passer est autre, et le nombre des participants n'est pas le même.

Les révolutionnaires de jadis appartenaient surtout aux professions libérales : c'étaient des hommes affranchis du travail physique qui entraînaient les ouvriers et les citadins; tandis que les militants de la révolution future devront être et seront principalement les paysans.

Les anciennes révolutions commencèrent et se déroulèrent dans les villes, la révolution présente doit être essentiellement rurale.

Les participants des anciennes révolutions formaient 10, 20 % de la population ; le nombre de ceux qui prennent part à la révolution en Russie doit être de 80 à 90 %.

Il en résulte que l'activité des citadins qui bouleversent maintenant la Russie et qui, à l'instar de l'Europe, se groupent en unions, font des grèves, des démonstrations, des émeutes, inventent de nouvelles formes sociales — sans parler de

ces malheureuses brutes qui commettent des
meurtres pensant servir ainsi la révolution qui
commence — toute cette activité, non seulement
ne correspond pas à la révolution en marche, mais
mieux que le gouvernement (sans même le savoir, ils en sont les aides les plus fidèles) arrête la
révolution, la dirige faussement et lui fait obstacle.

Le danger qui menace maintenant le peuple
russe n'a rien à voir avec la chute du gouvernement basé sur la violence et son remplacement
par un autre gouvernement, basé également sur la
violence — quel qu'il soit, démocratique ou même
socialiste. Le seul danger, c'est que le peuple
russe, appelé par sa situation particulière à indi-
quer la voie pacificatrice et sûre de la délivrance,
ne soit entraîné, par des hommes qui ne comprennent pas tout le sens de la révolution actuelle,
vers l'imitation servile des révolutions passées, et,
abandonnant la voie salutaire où il se trouve, ne
s'engage dans cette voie fausse où marchent à
leur perte sûre les autres peuples du monde chrétien.

Pour éviter ce danger, les Russes doivent,
avant tout, rester eux-mêmes, ne pas se rensei-
gner ni prendre le mot d'ordre dans les constitu-
tions européennes et américaines ou dans les pro-
jets socialistes ; ils n'ont qu'à interroger et écou-
ter leur propre conscience. Que les Russes, pour
exécuter la grande œuvre qui est devant eux, ne
se soucient pas de la direction politique de la
Russie et de la garantie de la liberté des citoyens
russes, mais qu'avant tout ils s'affranchissent de
la conception même de l'Etat russe, et, par conséquent, des soucis des droits de citoyen de cet
Etat.

Les Russes, en ce moment, pour atteindre l'affranchissement, doivent, non seulement ne rien entreprendre, mais au contraire s'abstenir de toutes entreprises, aussi bien de celles dans lesquelles l'entraîne le gouvernement que de celles que pourraient tenter les révolutionnaires et les libéraux.

Le peuple russe, — sa majorité de paysans — doit continuer de vivre, comme il a toujours vécu, de la vie agricole, rurale, communale et supporter sans lutte, — c'est-à-dire se soumettre — toute la violence gouvernementale ou autre. Qu'il refuse d'obéir aux exigences de participation dans n'importe quelle violence gouvernementale, de payer volontairement l'impôt, de servir volontairement — dans la police, dans l'administration, dans la douane, dans l'armée, dans la flotte, dans n'importe quelle institution imposée. De même et encore plus strictement, les paysans doivent s'abstenir des violences auxquelles les poussent les révolutionnaires. Toute violence des paysans sur les propriétaires fonciers provoquera des représailles, et, en tout cas, se terminera par l'institution d'un gouvernement quelconque, mais toujours basé sur la force. Et avec un gouvernement de ce genre, comme il arrive dans les pays les plus libres d'Europe et d'Amérique, éclatent des guerres insensées et cruelles, et la terre reste la propriété des riches.

Seule la non-participation du peuple dans n'importe quelle violence peut anéantir tous les maux dont il souffre, faire cesser les armements sans fin et les guerres, et détruire la propriété foncière.

C'est ainsi qu'il faut qu'agissent les paysans agriculteurs pour que la révolution actuelle ait de bons résultats.

Quant aux hommes des classes citadines: gentilhommes, marchands. médecins, savants, ingénieurs, littérateurs, etc., qui sont maintenant occupés à faire la révolution, ils doivent avant tout comprendre leur insignifiance — au moins numérique : 1 % du peuple agricole. Qu'ils se persuadent bien que le but de la révolution actuelle ne peut et ne doit consister en l'institution d'un nouvel ordre politique, — basé sur la violence, — avec n'importe quel suffrage universel, ou quelle organisation socialiste perfectionnée, mais qu'il se trouve dans l'affranchissement de cent millions de paysans de la violence sous quelque forme qu'elle se présente : militarisme, exactions fiscales, propriété individuelle. Pour atteindre ce but, point n'est besoin de cette activité remuante, déraisonnable et mauvaise, qui est maintenant celle des libéraux et des révolutionnaires russes.

La révolution ne se fait pas sur commande : « Allons-y, faisons la révolution ! » On ne peut la faire selon un modèle tout prêt, en pastichant ce qui se faisait il y a cent ans, dans des conditions tout autres. La révolution, en effet, n'améliore le sort des hommes que si ces hommes, reconnaissant la faiblesse et le danger des anciennes bases de la vie, aspirent à la rétablir sur de nouvelles institutions pouvant leur donner le vrai bien, que s'ils ont un idéale de vie nouvelle, meilleure.

Or, les hommes qui désirent, maintenant, faire en Russie une révolution politique sur le modèle des révolutions européennes, n'ont ni nouvelles bases, ni nouvel idéal. Ils n'aspirent qu'à rempla-

cer une vieille forme de la violence par une autre, qui apportera avec soi les mêmes maux que
ceux dont souffre maintenant le peuple russe.
C'est ce que nous voyons en Europe et en Amérique où existent même militarisme, mêmes impôts, même accaparement de la terre.

Et le fait que la majorité des révolutionnaires
pose comme idéal l'Etat socialiste, qui ne peut
s'obtenir que par la violence la plus cruelle, et qui;
s'il était un jour atteint, priverait les hommes des
dernières bribes de liberté, ce fait montre uniquement que ces hommes n'ont aucun nouvel
idéal.

L'idéal de notre temps ne peut être la modifica-
tion de la forme de la violence, mais son anéantissement complet, qu'on peut atteindre par la non-
obéissance au pouvoir humain.

De sorte que si les hommes des classes citadines
veulent réellement contribuer à la grande transformation qui s'opère, la première chose qu'ils doivent faire c'est de renoncer à cette activité révolutionnaire, cruelle, antinaturelle, inventée, qui
est la leur maintenant, de s'établir à la campagne,
y partageant les travaux du peuple ; puis, après
avoir appris de lui la patience, l'indifférence et le
mépris du pouvoir, et principalement l'amour du
travail, non seulement ne pas exciter les hommes
à la violence, comme ils le font maintenant, mais,
au contraire, les garder de toute participation dans
l'activité violente, de toute obéissance à n'importe
quel pouvoir imposé, enfin, les aider, si besoin
en est, de leurs connaissances scientifiques, dans
l'explication des questions qui, inévitablement,
surgiront avec l'anéantissement du gouvernement.

X

L'ORGANISATION DE LA SOCIÉTÉ AFFRANCHIE DU GOUVERNEMENT PAR LA VIOLENCE

Mais comment, sous quelle forme, peuvent vivre les hommes du monde chrétien s'ils ne vivent pas sous forme d'Etat, en obéissant au pouvoir gouvernemental ?

Ce sont ces mêmes qualités du peuple russe, grâce auxquelles j'estime que la révolution doit commencer et se faire non ailleurs, mais précisément en Russie, qui donnent la réponse à cette question.

L'absence de pouvoir, en Russie, n'empêcha jamais la constitution de communes agricoles. Au contraire, l'immixtion du pouvoir gouvernemental fit toujours obstacle à cette organisation intérieure, propre au peuple russe.

Le peuple russe, comme la plupart des peuples agricoles, s'est naturellement groupé, telles les abeilles dans les ruches, en certaines agglomérations sociales, satisfaisant entièrement aux besoins de la vie communale des hommes. Partout où les Russes s'installèrent sans l'immixtion du gouvernement, ils établirent entre eux une direction, non violente, mais basée sur l'entente réciproque, avec possession commune de la terre, et qui satisfaisait complètement aux besoins de la vie en commun.

De telles communes ont peuplé, sans aucune aide du gouvernement, toutes les frontières orientales de la Russie. Elles sont allées en Turquie, comme les *Nekrassovtsé*, et, gardant là leur caractère de commune chrétienne, ont vécu et vivent en paix sous le pouvoir du sultan. De pareilles communes, sans le savoir elles-mêmes, allèrent en Chine, en Asie Mineure, et vécurent là très longtemps, n'ayant besoin d'aucun gouvernement, sauf leur direction intérieure.

Ainsi vivent les agriculteurs *russes*, — la grande majorité de la population russe — sans avoir besoin du gouvernement, mais le supportant seulement. Pour le peuple russe, le gouvernement ne fut jamais un besoin, mais toujours un fardeau.

L'absence du gouvernement — de ce même gouvernement qui maintient par force, en faveur du propriétaire terrien, le droit de jouir de la terre — ne fera qu'aider à cette vie communale, rurale, que le peuple russe regarde comme la condition nécessaire de la bonne vie. Elle y aidera parce que, détruisant le pouvoir qui soutient la propriété foncière, elle affranchira la terre et donnera à tous les hommes des droits égaux sur elle.

C'est pourquoi les Russes n'ont pas besoin de renverser le gouvernement, et d'inventer de nouvelles formes de la vie communale destinées à remplacer les anciennes. Les formes communales, propres au peuple russe, existent déjà et ont toujours satisfait aux besoins de sa vie sociale.

Elles consistent dans cette direction commune, avec l'égalité de tous les membres du *mir*, dans cette formation d'*artels* pour les entreprises industrielles, et la propriété commune de la terre. La révolution qui se prépare dans le monde chrétien et qui commence maintenant chez le peuple russe se distingue des autres révolutions, précisément en ce que celles-ci détruisaient sans réédifier ou remplaçaient une forme de la violence par une autre, tandis que la révolution future ne doit rien détruire : il n'y a qu'à cesser de participer à la violence, à ne pas arracher la plante et la remplacer par quelque chose d'artificiel sans vie, mais à écarter ce qui gênait sa croissance. En conséquence, ce ne sont pas les hommes pressés, hardis, ambitieux, — qui, ne comprenant pas que la cause du mal contre lequel ils luttent est dans la violence, ne se représentent aucune forme de la vie sociale en dehors d'elle, attaquent aveuglément, sans réfléchir, la violence existante pour la remplacer par une nouvelle — qui aideront à la grande révolution qui va s'accomplir. Seuls les hommes qui, sans rien abattre, sans rien briser, arrangeront leur vie indépendamment du gouvernement, et qui, sans lutte, supporteront toute violence commise sur eux, mais ne participeront point au gouvernement, ne lui obéiront point, ceux-là seuls aideront à la révolution actuelle.

Le peuple russe, en immense majorité agricole, ne doit que continuer de vivre comme il vit maintenant, de la vie agricole communale, et *ne point participer aux œuvres du gouvernement ni lui obéir*.

Plus le peuple russe tiendra à cette forme de la vie qui lui est propre, moins le pouvoir gouvernemental, violateur, s'immiscera dans sa vie, et plus facilement il sera anéanti, car il trouvera toujours de moins en moins de prétextes pour s'immiscer et de moins en moins d'aide pour accomplir ses actes de violence.

Ainsi, à la question : Quelles seront les consé-

quences du refus d'obéissance au gouvernement? on peut répondre avec assurance que
ce sera l'anéantissement de cette violence qui
force les hommes à entrer en guerre les uns contre les autres, et qui les prive du droit de jouir
de la terre.

Et les hommes affranchis de la violence, ne se
préparant plus à la guerre, ne se battant plus les
uns contre les autres, et pouvant jouir de la
terre, naturellement retourneront à ce travail
agricole, propre à l'homme, au labeur le plus
sain, le plus moral, avec lequel les efforts de
l'homme sont dirigés vers la lutte contre la nature
et non contre les hommes, à ce labeur sur lequel
sont basées toutes les autres branches du travail
et qui ne peut être abandonné que par les
hommes soumis à la violence.

La cessation de l'obéissance au gouvernement
doit amener les hommes à la vie agricole. Et la
vie agricole les conduira à l'état communal le
plus naturel, à cette vie de petites communes
placées dans des conditions agricoles équiva-
lentes. Il est très probable que ces communes ne
vivront pas séparément et formeront entre elles,
suivant les conditions économiques de race et de
religion, de nouvelles unions libres, mais absolument différentes des anciennes communes
gouvernementales basées sur la violence.

La négation de la violence ne prive pas les
hommes de la possibilité de s'unir, mais les
unions basées sur l'accord mutuel ne peuvent se
former que quand seront détruites les unions basées sur la violence.

Pour construire une nouvelle maison solide à
la place de celle qui tombe en ruines, il faut en-

lever de celle-ci jusqu'à la dernière pierre et bâtir tout à neuf.

De même avec ces unions qui pourront se former entre les hommes après la destruction de celles qui ont pour fondement la violence.

XI

CE QUE DEVIENDRA LA CIVILISATION

Eh bien! qu'adviendra-t-il de tout ce que les hommes ont élaboré? Que deviendra la civilisation?

« Le retour au singe, la lettre de Voltaire à Rousseau, disant qu'il faut apprendre à marcher à quatre pattes : le retour à une vie animale quelconque », disent les hommes qui sont tellement convaincus que la civilisation dont nous jouissons est un très grand bien qu'ils n'admettent pas même la pensée de renoncer à la moindre chose donnée par elle.

« Comment remplacer par la forme déjà dépassée par l'humanité — les communes agricoles, grossières, perdues au fond de la campagne — nos villes avec leurs chemins de fer électriques, souterrains et aériens, leurs phares électriques, leurs musées, leurs théâtres, leurs monuments? » diront ces hommes. — « Oui, et avec leurs quartiers miséreux, les *slums* de Londres, de New-York, des grandes villes, avec leurs maisons de tolérance, les banques, les bombes explosives contre les ennemis extérieurs et intérieurs, avec leurs prisons, leurs échafauds, leurs millions de soldats » dirai-je, moi.

« La civilisation, notre civilisation, est un grand bien », disent les hommes. Mais ceux qui ont cette conviction appartiennent à cette minorité qui vit non seulement dans cette civilisation, mais *par elle ;* qui vit dans l'aisance, presque dans l'oisiveté, en comparaison du labeur des ouvriers, et ainsi uniquement parce que cette civilisation existe.

Tous ces hommes : rois, empereurs, présidents, princes, ministres, fonctionnaires, militaires, propriétaires fonciers, marchands, ingénieurs, médecins, savants, peintres, professeurs, prêtres, écrivains, sont si sûrs que notre civilisation est un grand bien qu'ils ne peuvent admettre la pensée de la voir disparaître ou même se modifier.

Mais demandez à la grande masse des /peuples agriculteurs, des peuples slave, chinois, hindou, russe, aux neuf-dixièmes de l'humanité, si cette civilisation, qui semble un bien supérieur à ceux qui vivent en dehors de l'agriculture, est un bien ou non ? Chose étrange, les neuf-dixièmes de l'hu-aux neuf dixièmes de l'humanité : si cette civilisation, qui semble un bien supérieur à ceux qui vivent en dehors de l'agriculture, est un bien ou non? Chose étrange, les neuf dixièmes de l'humanité répondront tout autrement. Ils savent qu'ils ont besoin de la terre, du fumier, de l'arrosage, du soleil, de la pluie, des forêts, des récoltes, de quelques instruments aratoires très simples, qu'on peut fabriquer sans abandonner la vie agricole. Mais de la civilisation ou ils ne savent rien, ou elle se présente à eux sous l'aspect de la débauche des villes, avec leurs prisons et leurs bagnes, ou sous l'aspect des impôts et des monuments inutiles, des musées, des palais,

ou sous forme de douanes qui empêchent la libre
circulation des produits, ou sous l'aspect des ca-
nons, des cuirassés, des armées, qui ravagent
des pays entiers. Et alors ils disent que si c'est
cela la civilisation elle ne leur est pas nécessaire ;
et qu'elle est même nuisible.

Les hommes qui jouissent des avantages de la
civilisation, prétendent qu'elle est un bien pour
toute l'humanité, mais dans ce cas ils ne peuvent
être témoin, étant juge et partie.

On ne peut nier que nous ne sommes maintenant loin dans la voie du progrès technique ;
mais qui est loin dans cette voie? Cette petite
minorité qui vit sur le dos du peuple ouvrier. Et
le peuple ouvrier, celui qui sert les hommes qui
jouissent de la civilisation, dans tout le monde
chrétien, continue de vivre comme il vivait il y a
cinq ou six siècles, profitant seulement de temps
en temps, des rogatons de la civilisation.

Si même il vit mieux, la distance qui sépare sa
situation de celle des classes riches est plutôt
plus grande que celle qui existait il y a six siècles.
Je ne dis pas, comme pensent plusieurs, que la
civilisation n'étant pas un bien absolu nous de-
vons rejeter d'un coup tout ce que les hommes ont
élaboré pour la lutte contre la nature, mais je dis
que pour affirmer que ce que les hommes ont élaboré sert réellement à leur bien, il est nécessaire
que tous, et non une petite minorité, en jouissent,
il ne faut pas que certains soient privés par force
de leur avoir pour les autres, sous prétexte que ces
biens retourneront un jour à leurs descendants.

Nous regardons les pyramides d'Egypte et nous
sommes stupéfiés de la cruauté et de la folie de
ces hommes qui en ordonnèrent la construction et
de ceux qui exécutèrent leurs ordres. Mais com-

bien plus cruelle et plus inepte est la construction
de ces maisons de dix, trente-six étages que les
gens de notre monde civilisé construisent dans les
villes, et dont ils sont fiers. Autour, la terre avec
ses plantes, ses forêts, ses eaux limpides, son air
pur, son soleil, ses oiseaux, ses animaux ; et les
hommes, avec d'énormes efforts barrant aux autres le soleil, édifient des maisons de trente-six
étages qui se balancent au vent, et où il n'y a ni
herbe, ni arbre, où l'air et l'eau sont souillés, où
toute la nourriture est falsifiée et corrompue et la
vie difficile et malsaine. N'est-ce pas une preuve
évidente de l'insanité de toutes les sociétés, qui,
non seulement conseillent des folies pareilles
mais encore en sont fières ? Et ce n'est pas un
exemple unique. Regardez autour de vous, et à
chaque pas vous verrez de pareilles maisons
de trente-six étages qui valent les pyramides
d'Egypte.

Les défenseurs de la civilisation disent : « Nous
sommes prêts à réformer ce qui est mal, seulement que tout ce que l'humanité a élaboré reste
intact. »

Mais c'est ce que dit à son docteur le débauché,
qui, par sa mauvaise conduite, a gâché sa situation et sa santé, et qui est prêt à faire tout ce
que le médecin lui ordonnera à condition qu'il
puisse continuer sa vie de débauche. A un tel
homme, nous disons que pour améliorer son état,
il doit cesser de vivre comme il vit. Il est temps
de dire la même chose à l'humanité chrétienne et
de le lui faire comprendre.

L'erreur inconsciente — et parfois consciente —
que commettent les défenseurs de la civilisation,
c'est de la prendre pour but, tandis qu'elle n'est
qu'un moyen, et de la considérer toujours comme

un bien. Mais elle ne sera le bien que quand les forces dominantes de la société seront bonnes. Les
substances explosibles sont très utiles pour construire une route, mais très dangereuses dans les
bombes. Le fer est très utile pour les instruments
aratoires mais très pernicieux quand il est em-
ployé pour les engins de guerre et les verrous des
prisons. La presse peut répandre de bons senti-
ments et des idées sages, mais, avec un succès
plus grand encore, des idées fausses et dépra-
vantes. La civilisation est un bien ou un mal selon
que le bien ou le mal domine dans la société. Dans
notre société où la minorité exploite la majorité,
elle est un grand mal. La civilisation, chez nous,
n'est qu'une arme de trop de l'oppression ·de la
majorité par la minorité dominante.

Il est temps que les hommes des classes supérieures comprennent que ce qu'ils appellent la
civilisation — la culture — n'est qu'un moyen et la
conséquence de cet esclavage dans lequel la petite
minorité oisive du peuple tient l'immense majorité laborieuse. Notre salut n'est pas dans cette
voie que nous avons suivie; il n'est pas dans la
conservation de tout ce que nous avons élaboré,
mais il se trouve dans notre aveu de nous être
engagés dans une voie fausse, d'être tombés dans
l'ornière d'où il nous faut sortir, sans se soucier
de retenir ce que nous avons, mais, au contraire,
en jetant bravement tout ce qui nous est le moins
nécessaire, ce que nous avons traîné avec nous,
afin d'arriver d'une façon quelconque (même à
quatre pattes) sur un sol ferme.

La vie bonne et raisonnable consiste à choisir,
parmi beaucoup d'actes ou entre beaucoup de
voies qui se présentent, les actes les plus raisonnables, la direction la meilleure. Or l'humanité

chrétienne, dans sa situation présente, doit choisir entre ces deux choses: ou poursuivre dans cette mauvaise voie, où la civilisation existante donne les plus grands biens au plus petit nombre, retenant les autres dans la misère et l'esclavage; ou immédiatement, sans le remettre à un avenir plus ou moins éloigné, renoncer en partie ou totalement aux avantages qu'a donnés cette civilisation à quelques privilégiés, et qui empêchent l'affranchissement de la majorité des hommes de la misère et du servage.

XII

CONCLUSION

La vie de l'humanité répond de plus en plus à ce que demande la conscience: l'abandon des anciennes bases fausses de la vie, l'établissement de bases nouvelles avec ce qu'elles entraîneront. La vie de l'humanité, ainsi que la vie de l'individu, n'est que l'acheminement de l'état ancien à un nouveau. Cet acheminement de l'humanité s'accompagne fatalement de la conscience de ses fautes et de leur affranchissement. Mais il arrive, à un certain moment, dans la vie de l'individu comme dans celle de l'humanité, que tout à coup se découvre la faute accomplie dans le passé et se dessine l'activité qui la doit réparer. C'est le temps des révolutions. C'est celui qui se trouve maintenant devant les peuples chrétiens.

L'humanité vivait selon la loi de la violence. Elle ne connaissait pas d'autre loi. Le temps est venu, et les hommes avancés de l'humanité ont proclamé la nouvelle loi, commune à toute l'humanité, la loi de l'aide réciproque. Les hommes l'acceptèrent, mais non dans toute sa portée, et, tout en tâchant de l'appliquer, ils continuèrent à vivre selon la loi de la violence.

Parut le christianisme. Il confirma aux hommes cette vérité qu'il n'y a qu'une seule loi, commune à tous, qui leur donnera le plus grand des biens: la loi de l'aide réciproque; et il montra pourquoi cette loi n'était pas réalisée dans la vie. Elle ne l'était pas parce que les hommes jugeaient nécessaire et bienfaisant l'emploi de la violence pour certains buts nobles et trouvaient légitime la vengeance. Le christianisme montra que la violence est toujours pernicieuse et que les hommes ne peuvent impunément l'exercer. Mais l'humanité chrétienne n'accepta point cette explication de la loi générale de l'aide réciproque, et bien que désirant vivre selon cette loi, elle continua de vivre selon la loi païenne de la violence. Cette contradiction augmenta de plus en plus l'immoralité de la vie, les avantages extérieurs, le luxe de la minorité; elle accrut chez les peuples chrétiens l'esclavage et les maux de la majorité. En notre temps, la criminalité et le luxe de la vie de certains hommes du monde chrétien, les maux et l'esclavage des autres sont arrivés au plus haut degré, ce qu'on remarque particulièrement parmi les peuples qui ont abandonné depuis longtemps la vie naturelle, agricole et qui ont succombé à la tromperie de la soi-disant « auto-direction ».

A cause de la vie agricole, de l'absence de la tromperie de l' « auto-direction » et, principalement, du rapport chrétien envers la violence encore conservé chez lui, le peuple russe — après la guerre cruelle, inutile et malheureuse dans laquelle l'a entraîné son gouvernement, après la perte de l'espoir de se voir restituer la terre qu'on lui a ôtée —— le peuple russe, avant tous les autres, a senti les causes principales des maux de l'humanité chrétienne de notre temps, c'est pourquoi la grande révolution qui se prépare dans l'humanité et qui seule peut la sauver de maux inutiles commence précisément chez ce peuple.

C'est en cela qu'est l'importance de la révolution actuelle. Cette révolution n'est pas encore commencée parmi les peuples d'Europe et d'Amérique, mais les causes qui l'ont provoquée en Russie existent pour tout le monde chrétien: la guerre japonaise qui a montré à tous la supériorité inévitable dans les choses militaires des peuples païens sur le peuple chrétien; les armements qui sont arrivés à l'extrême et ne peuvent cesser; la situation malheureuse et le mécontentement général du peuple ouvrier privé de la terre.

La majorité des Russes voit clairement que la cause de tous les maux dont ils souffrent est dans l'obéissance au pouvoir. Devant eux se pose ce problème: ou abdiquer leur qualité d'êtres raisonnables et libres, ou cesser d'obéir au gouvernement; et les peuples d'Europe et d'Amérique, à cause de l'agitation de leur vie et de la duperie de « l'auto-direction » ne le voient pas encore; ils le verront bientôt. La participation dans la violence gouvernementale — qu'ils appellent la liberté — les conduit à un esclavage de plus en plus grand et aux maux qui en découlent. Et les maux croissants les amèneront inévitablement à l'unique moyen de l'affranchissement: la cessation de l'obéissance au gouvernement. Pour que s'accomplisse cette grande transformation, il faut seulement que les hommes comprennent qu'ils sont libres, en ont le droit et doivent l'être.

Si l'on renonce pour un moment aux coutumes, aux habitudes, aux superstitions établies ; si l'on envisage les rapports de tous les hommes du monde chrétien, qu'ils appartiennent au gouvernement le plus despotique ou au plus démocratique, on est stupéfié de ce degré d'esclavage dans lequel ils vivent maintenant, en s'imaginant êtres libres.

Au-dessus de chaque individu, où qu'il soit né, il existe une réunion d'hommes, tout à fait inconnus de lui, qui établissent les lois de sa vie, ce qu'il doit ou ne doit pas faire ; et plus la constitution gouvernementale est perfectionnée, plus les mailles du filet de ces lois sont serrées. On définit à qui et comment il doit prêter serment, c'est-à-dire permettre d'exécuter toutes les lois qui seront faites et proclamées. On lui indique comment et quand il peut se marier (il ne lui est permis d'avoir qu'une femme, mais il peut profiter des maisons de tolérance). On explique comment il a la possibilité de divorcer, comment il entretiendra ses enfants, lesquels seront regardés comme légitimes, lesquels illégitimes ; de qui et comment il héritera ; à qui et comment il transmettra ses biens. On expose, pour chaque violation de la loi, comment et par qui il sera jugé et punit, comment lui-même doit paraître au tribunal, comme juré ou témoin. On lui fixe l'âge auquel il peut profiter du travail des aides, d'ouvriers, et même le nombre d'heures pendant lesquelles ces aides travailleront pour lui, la nourriture qu'il doit leur donner. On lui prescrit quand et comment il doit faire vacciner ses enfants, quelles mesures il faut prendre si une épidémie atteint lui, sa famille ou ses animaux, à quelles écoles il doit envoyer ses enfants. On définit les dimensions et la solidité de la maison qu'il est autorisé à construire; l'entretien de ses animaux, chevaux, chiens; comment il peut profiter de l'eau et où il peut marcher, en dehors des routes. On énumère les punitions qu'il encourrait pour l'inexécution de ces lois.

On ne peut dénombrer toutes les lois, tous les règlements auxquels il doit se soumettre et dont l'ignorance (bien qu'il soit impossible de les connaître) ne peut être invoquée pour sa défense, même dans le pays le plus libéral. En outre cet homme est placé en telle situation que, pour tout achat d'objets dont il a besoin : sel, bière, vin, étoffe, fer, pétrole, thé, sucre, etc., il doit donner la plus grande partie de son travail pour des besoins quelconques, qu'il ignore et pour le paiement d'intérêts de dettes contractées du temps de ses aïeux. Il doit également donner une partie de son travail, à chaque changement d'une place à l'autre, à chaque réception d'héritage, à n'importe quelle affaire entre lui et son prochain. En outre pour la portion de terre qu'il occupe, soit pour sa maison ou son champ, on exige de lui encore une grande partie de son travail.

Ainsi la plus grande partie de son travail, s'il en vit et non de celui des autres, au lieu de servir à améliorer sa situation et celle de sa famille est dépensée en ces impôts et monopoles. C'est peu. Dans la plupart des États, dès que cet homme atteindra un certain âge, on le forcera d'entrer pour quelques années dans la servitude militaire, la plus cruelle, et d'aller se battre. Dans d'autres

Etats (en Angleterre, en Amérique), on loue les hommes pour cette même besogne.

Et les hommes placés dans cette situation non seulement ne voient pas leur esclavage, mais ils en sont fiers ; ils sont fiers d'être les citoyens libres de grands pays, de l'Angleterre, de la France, de l'Allemagne, de même que les valets s'enorgueillissent de l'importance des maîtres qu'ils servent.

Un homme moralement sain, non affaibli, se trouvant dans cette situation horrible, humiliante, devrait, semble-t-il, se dire : « Mais pourquoi diable exécuterais-je tout cela? Je veux vivre de la meilleure façon, je veux décider moi-même, ce qui m'est agréable et ce que je dois faire. Laissez-moi tranquille avec votre Russie, votre France, votre Angleterre, que ceux qui en ont besoin les gardent, moi je n'en ai que faire. Par force vous pouvez me prendre tout ce que vous voulez ; vous pouvez me tuer, mais je ne veux pas, volontairement, participer à mon asservissement ! » Il semblerait naturel d'agir de la sorte, mais personne ne le fait. Les uns, les citadins, n'agissent pas ainsi parce que leurs intérêts sont tellement liés à ceux des classes dominantes que leur asservissement leur paraît avantageux. M. Rockefeller ne peut pas désirer renoncer à l'obéissance aux lois du pays qui lui donnent la possibilité de gagner et de conserver des milliards en dépit des intérêts de la masse du peuple. De même le directeur des entreprises de M. Rockefeller, ses employés et les sous-ordres de ceux-ci ne peuvent le désirer. C'est ainsi au point de vue des citadins. Ce sont, relativement aux paysans, d'anciens valets de gentilshommes, dont les emplois sont avantageux ; leur asservissement leur est utile.

Mais cet égarement est particulièrement
étrange chez les hommes qui suffisent eux-mêmes
à leurs besoins, comme les populations agricoles
de l'Allemagne, de l'Autriche, des Indes, de la
Chine, de l'Australie, et surtout de la Russie. Ces
hommes n'ont nul besoin, ne tirent aucun avan-
tage de l'esclavage auquel ils se soumettent volontairement. En sentant leur esclavage, ils sont semblables aux oiseaux qui, malgré la cage ouverte,
restent dans leur prison par habitude et parce
qu'ils ne comprennent pas qu'ils sont libres. Dans
cette situation, se trouve surtout le peuple russe.
Pour se délivrer de ces maux toujours croissants,
des guerres, de la famine dont ils souffrent et dont
on ne voit pas la fin, les Russes — leur immense
majorité : tous les paysans — ne doivent entreprendre rien de particulier, mais tout simplement
sortir par la porte ouverte de la cage, c'est-à-dire
cesser de penser d'une Russie quelconque, qui
n'existe qu'en imagination, de sa grandeur, de
son unité. Ils doivent, tirant leur nourriture de la
terre, vivre d'une vie naturelle, bonne, raisonnable, établie par Dieu, et n'obéir qu'à leur conscience. Et les Russes commencent à le comprendre. Ils le comprennent et le feront ; et les peuples
dont la plupart ont quitté la vie agricole doivent
faire de même.

Pour eux, il sera difficile de cesser d'obéir au
gouvernement, mais quelque difficile que ce soit,
ils y seront amenés par les maux qui augmente-
ront de plus en plus. Tant que ces hommes con-
tinueront de lui obéir, existeront, les unions artificielles de la France, de l'Angleterre, de l'Amérique, et tant qu'elles existeront, le militarisme,
les guerres, les impôts, les monopoles, les trusts
existeront aussi, et malgré n'importe quelles mo-

difications des formes gouvernementales (le pro-
gramme socialiste y compris) l'esclavage du peuple travailleur augmentera de plus en plus.

Les hommes ne souffrent que d'un seul mal ex-
térieur : leur désunion, le fait qu'il existe des maîtres et des esclaves. Aux Indes, cela s'appelle les chat-
tryas et les parias; dans le monde chrétien, cela
ne porte pas de nom, mais la même chose existe.
Il existe des hommes aisés, oisifs, qui vivent dans
le luxe, ont de l'argent, dirigent les autres, et il
y a la majorité besogneuse que menacent sans
cesse la misère et la famine, qui travaille dure-
ment et obéit au pouvoir ou à la richesse. Ce mal,
tous le sentent, et il est clair que, s'ils veulent
améliorer leur sort, les hommes doivent faire
disparaître ce mal en détruisant cette inégalité
sociale. Les anciennes révolutions pensaient tran-
cher le nœud par la violence, mais l'inanité de ce
procédé est démontrée depuis longtemps. Aucun
changement de l'ordre politico-économique ne
peut détruire l'inégalité.

Seule la liberté peut remédier au mal, non cette
liberté imaginaire de la participation imaginaire
dans le gouvernement, mais la liberté simple,
vraie : celle qui consiste en ce qu'un homme
n'obéisse pas à un ou plusieurs autres.

Il est vrai que ce n'est pas à la portée de tous. On
ne peut pas se dire: je n'obéirai plus aux hommes.
Pour ne pas leur obéir, il est nécessaire d'obéir
à la loi supérieure, divine, commune à tous. On
ne peut pas être libre en violant la loi supérieure
de l'aide réciproque, comme le font par toute
leur vie, les hommes des classes riches citadines
qui vivent du travail du peuple ouvrier et surtout du peuple agricole. On n'est libre que dans
la mesure où l'on remplit la loi suprême. Et

l'accomplissement de cette loi est très difficile
sinon impossible avec l'organisation industrielle
de la société, où le bien-être de l'homme est basé
sur la lutte contre l'homme.

L'exécution de cette loi n'est possible et facile
qu'avec la vie agricole où tous les efforts de l'individu sont dirigés vers la lutte contre la nature.
C'est pourquoi l'affranchissement des hommes de
l'obéissance au gouvernement, la négation des
unions artificielles, des États, de la patrie, doit les
amener à la vie naturelle, heureuse et plus morale
de communes agricoles, qui ne se soumettent
point aux lois basées sur la menace et la violence,
mais obéissent à la loi supérieure, chrétienne, re-
connue par tous: la loi de l'aide réciproque, basée
sur l'amour de Dieu et du prochain et qui exclut
toute violence.

Là est toute l'importance de la grande transformation future des peuples chrétiens.

Comment cette transformation se produira-t-
elle ? Quels degrés franchira-t-elle ? Nous ne pou-
vons le savoir. Mais nous sentons qu'elle est inévitable parce qu'elle s'accomplit et qu'elle est déjà
en partie réalisée dans la conscience de l'humanité.

FIN

TABLE DES MATIÈRES

Pages

I. — La Fin du siècle — La destruction du passé :
ses indices et ses causes...................... 3

II. — La portée de la victoire japonaise............. 8

III. — Le mouvement revolutionnaire en Russie....... 13

IV. — La cause principale de la Révolution future.... 17

V. — Conséquence de l'inapplication du précepte de
la non-résistance........................... 20

VI. — La première cause extérieure de la révolution
future.................................... 25

VII. — La deuxième cause extérieure de la révolution
future.................................... 30

VIII. — Quelle sera la situation des hommes qui refuse-
ront d'obéir............................... 34

IX. — L'activité qui aidera le plus à la future révolution 40

X. — L'organisation de la société affranchie du gouvernement par la violence................... 46

XI. — Ce que deviendra la civilisation.............. 50

XII. — Conclusion................................ 55

IMPRIMERIE CH. LÉPICE, MAISONS-LAFFITTE.

www.ingramcontent.com/pod-product-compliance
Ingram Content Group UK Ltd.
Pitfield, Milton Keynes, MK11 3LW, UK
UKHW021453090726
13657UKWH00003B/1348